LA LUCIÉRNAGA

MAURICIO BACARISSE

Después de muchas cosechas de siglos, la tierra se hizo más amable y los hombres fueron más felices. Pero ninguno ignoraba que aquel rosado tiempo era uno de los últimos fulgores del crepúsculo del planeta. Las regiones boreales habían adquirido una extensión prodigiosa y los veranos eran tibios y sutiles. Se hacían peregrinaciones a numerosos géiseres abiertos recientemente, que ofrendaban al cielo, desmesurado e impasible, la ternura del último calor del globo valetudinario y moribundo. Sus penachos de agua eran vanas y desoídas oraciones. Violentos terremotos arruinaban y envolvían a las poblaciones, como si la tierra estuviera convulsa y temerosa de sus destinos.

Entonces fue cuando la Humanidad aprendió a estimar la vida; estremecida de frío y miedo, vivió emocionada y anhelante, y el amor fue más espléndido y magnífico, porque también le llegaba su hora. Y los hombres se amaron, comprendiendo que la vida quería despedirse, y amándose, trabajaron menos, con lo que la civilización se marchitó y se encendió una grata y perpetua alegría. Los amantes se tendían en los estériles surcos de los campos. Querían reanimarlos, hacer que les envidiaran y, al envidiarles, florecieran. Pero todo estaba condenado irremisiblemente.

En una bahía de curva suave y plateada, en los mares vecinos ya de la zona de los hielos, vivía un hombre joven, pescador y pirata, matador de focas, ladrón y sanguinario. Era el superviviente de un grupo de familias rapaces y feroces, que durante muchos años asaltaron las embarcaciones que se aventuraban hacia septentrión.

Una violenta melancolía devoraba el alma del pescador. Hubiera querido vivir en aquellas centurias en que las civilizaciones urdían la existencia complicada y suntuosa para haber podido avasallarlo todo. Su ambición no le dejaba dormir y suspiraba como un enamorado. Prendado estaba de la lozanía y el vigor de la vida pasada, de aquella vida que él no había podido gozar. Hubiera deseado dominar sobre las aguas y los continentes, a pesar de lo raídos, escuálidos y despreciables que estaban los países conocidos por él. En los despojos de navíos, ebrio y feliz, hacía relucir los discos de oro de las monedas a los tenues rayos del sol ya herido de muerte. Heredero de la ardorosa vitalidad anterior, se agitaba en las brumas, lleno de brío, de juventud y de ambición.

Una tarde llegaron otros pescadores aventureros, camaradas de piratería, y le dijeron que dejara de comer carne de lobo, que fuera con ellos en la nave y le llevarían a un país bañado de sol, en el cual, de cuando en cuando, humeaba un volcán y en el que crecían rosas. Él, que nunca había visto un volcán, ni sabía qué eran rosas, se fue con ellos hacia la prometida tierra.

Durante sesenta días y sesenta noches navegaron, haciendo degollina de traficantes marítimos y aterrorizando las costas. La mañana que anclaron en el cálido país, uno de los compañeros del pescador pirata, le entregó algo que él no vio en seguida, pues la luz era más viva de lo que sus ojos acostumbraban a soportar; algo le pinchó los dedos. Cuando vio la rosa, quedó maravillado.

Quiso poseer aquella región, como deseaba poseerlo todo, y dijo a sus camaradas que era menester apoderarse del puerto. Prefirieron todos internarse hasta el pie de la montaña e ir a una aldea donde había festejos.

Aquel domingo candoroso y resplandeciente, el pescador, con la rosa en la mano, entró en el blanco pueblo. Doblaban a pascua unas campanitas de oro, con una sonoridad clara y graciosa. En todas las calles había flores. En todas las ventanas se veían muchachas sonrientes.

Por la tarde, vio bailar en la plaza a una doncella, a una niña de pelo dorado y ojos verdes. Había tal donaire en sus brazos y pies, que permaneció frente a ella embelesado, atónito, sin atreverse a desearla, él que deseaba cuanto veía. Y la muchacha sonrió al pescador, y se amaron al punto.

Hacia el mar fueron, paseando asidos de las manos, mirándose a los ojos. No podía él ofrecer a la doncella otro presente que la rosa, y se la entregó, ya mustia. Ella era hermana de las flores; había vivido siempre entre ellas, y, en vez de besarla, como él hubiera querido, la deshojó poco a poco, para interrogarla sin duda.

Tendido sobre el acantilado, miraba él con pena el martirio de la rosa. Entonces ella, para distraerle, recogió los restos esparcidos, y haciendo sus manos una bolsita con cada uno de los pétalos, empezó a hacerlos estallar en su frente, como si se persignara, produciendo un ruido de besos detonantes.

Crecía la noche. Silencioso el pescador, bajó los párpados, fascinado por el fuego que expandía una fragancia ignota y pueril. El último pétalo se rompió con un sonido musical y celeste. Cuando alzó la mirada, vio que la niña rubia tenía una estrella en la frente, una estrella hermana de las que parpadeaban en la bóveda insondable.
Entonces, tembloroso, le besó los pies, y preguntole:

—¿Cuál es el astro de tu frente?

Una bruma dorada ceñía la cabeza de la danzadora.

—Es la estrella de la inmortalidad —dijo.

Dejó él pasar mucho tiempo, confuso, doblada la cabeza sobre el pecho. Al fin, preguntó con tono violento:

—Así, ¿tú no morirás nunca?

Ella no respondió nada. Se acercó amorosa y le ciñó el cuello con los brazos nítidos. Cuando sus labios se separaron, la danzarina no tenía ya el lucero en la frente.

Aquel pirata ansioso, aquel hombre, en el que hervían las insaciables fuerzas de la vida, expresó su deseo a la muchacha de los ojos verdes:

—¿Por qué he de morir yo? ¿Por qué no he de ser inmortal?

Y ella le respondió:

—¿Qué es lo que prefieres, mi amor o la inmortalidad?

Y se abrazó a él, llenos de lágrimas los ojos.

—Quiero ser inmortal —rugió el ambicioso.

—Lo serás —anunció ella, con sonrisa iluminada y triste, y en un rosal cercano recogió una luciérnaga, que en su mano brilló como una estrella caída—. Antes de dormir ponla sobre tu corazón, y el mañana de tu despertar no tendrá fin.
Recogió el insecto el ambicioso y se atrevió a decir:

—¿Y cómo me regalas tu inmortalidad?

—Porque te adoro.

Cuando el matador de ballenas despertó al día siguiente, buscó la luciérnaga que dejara sobre su corazón. No estaba en su pecho, y en su lugar, una pequeña herida dejaba brotar una gota de sangre, cristalina y fresca. Un coro de cantos de muchachas le hizo salir al camino. Iban todas vestidas de blanco, con celindas en la cabeza. En unas andas, entre rosas, llevaban el cuerpo de la bailarina de los verdes ojos, muerta la noche anterior.

Por vez primera en su vida, el pescador egoísta y descontento saboreó las propias lágrimas. Lleno de desesperación, decidió reembarcar. Cuando salió de la aldea santa, el sol todo lo acariciaba blandamente. Las flores de las calles estaban más vivas y lozanas. Doblaban tan sólo a muerto las campanitas de oro.

Pasó otra cosecha de siglos, y la muerte, que todo lo invadía, nunca llegaba para el pescador. La sangrienta piratería que practicó mientras pudo, se hizo imposible. Los navegantes fueron cada vez más raros. Los océanos se helaron. Entonces, con su juventud inagotable, persiguió a los osos de las montañas, y se cubrió con sus pieles. Las ciudades estaban todas despobladas. Los últimos seres humanos murieron en subterráneos y cavernas.

No había sospechado aquel hombre el dolor de ser inmortal; su sufrimiento era infinito. A veces, al recordar a la niña de la aldea blanca, lloraba varios días, sin tregua.
Era espantoso ser el último habitante de la tierra, eternamente.

El mundo animal acabó. El hombre inmortal recorrió el globo; se alimentaba chupando huesos de fieras y mascando leños podridos. Para beber tenía que estrujar y fundir con las manos los pedazos de hielo. Su castigo fue atroz. Desesperado, anhelaba la muerte, esquiva, remolona, imposible.

Los días fueron siendo más turbios y fuliginosos. El sol, agonizante, extenuado, se adivinaba en la atmósfera cenizosa como una naranja helada y marchita. Después de otros siglos más de suplicio, su luz se apagó y la noche se hizo eterna e irremediable.

El hombre imperecedero, rabioso de hambre y sed, aprendió a vivir como los topos. En una ocasión —¡oh, hallazgo!— dio a tientas con una azada herrumbrosa, y su obsesión de la muerte le hizo cavar una huesa. Y se tendió en su entraña húmeda, de cara a las constelaciones que brillaban y vivía para una eternidad.

Volvió a recordar entonces las estrellas que tenía en la frente la amada, la doncella de la aldea remota; recordó aquella luciérnaga que le había dado la inmortalidad, y se golpeó el pecho con la azada y se cavó en él otra fosa. Con la mano arrancose el corazón, y su última mirada se ahogó en un deslumbramiento, porque su corazón era luminoso, espléndido, radiante; tan ardiente, que encendió la tierra de la fosa, y con ella, la comarca; después, el continente vasto, y al fin, todo el globo.

La pobre tierra difunta se incendió y deslumbró los cielos desmesurados e impasibles, y en vez de ser un despojo, una ruina, se convirtió en estrella, y su luz incomparable maravilló a los mundos, último fulgor y recuerdo del prodigio de la vida y el amor humano.